JN437336

와사등

와사등

김광균 지음

한국 시집 초간본 100주년 기념판 — 바람

일러두기

1. 이 책의 텍스트는 1939년 8월 1일에 발행된 『와사등』의 초간본이다.
2. 표기는 원칙적으로 현행 맞춤법에 따랐다. 그러나 특별한 시적 효과와 관련된다고 판단되는 경우는 원문의 표기를 그대로 두었다.
3. 한자는 한글로 고치되, 꼭 필요한 경우는 괄호 처리 하였다.
4. 편자 주는 모두 후주로 처리하였다.
5. 한 편의 시가 다음 면으로 이어질 때 연이 나뉘면 첫 번째 행 상단에 줄 비움 기호(>)를 넣어 구분하였다.

김기림 씨에게 바치노라

오후의 구도(構圖)

바다 가까운 노대(露臺) 위에
아네모네의 고요한 꽃방울이 바람에 졸고
흰 거품을 물고 밀려드는 파도의 발자취가
눈보라에 얼어붙은 계절의 창밖에
나직이 조각난 노래를 웅얼거린다

천장*에 걸린 시계는 새로 두 시
하얀 기적 소리를 남기고
고독한 나의 오후의 응시 속에 잠기어 가는
북양(北洋) 항로의 깃발이
지금 눈부신 호선(弧線)을 긋고 먼 해안 위에 아물거린다

긴 뱃길에 한 배 가득히 장미를 싣고
황혼에 돌아온 작은 기선이 부두에 닻을 내리고
창백한 감상(感傷)의 녹슨 돛대 위에
떠도는 갈매기의 날개가 그리는
한 줄기 보표(譜表)는 적막하려니

>

바람이 올 적마다
어두운 커튼을 새어 오는 보이얀 햇빛에 가슴이 메어
여윈 두 손을 들어 창을 내리면

하이얀 추억의 벽 위엔 별빛이 하나
눈을 감으면 내 가슴엔 처량한 파도 소리뿐

해바라기의 감상(感傷)

해바라기의 하얀 꽃잎 속엔
퇴색한 작은 마을이 있고
마을 길가의 낡은 집에서 늙은 어머니는 물레를 돌리고

보랏빛 들길 위에 황혼이 굴러 내리면
시냇가에 늘어선 갈대밭은
머리를 흩트리고 느껴 울었다

아버지의 무덤 위에 등불을 켜려
나는
밤마다 눈먼 누나의 손목을 이끌고
달빛이 파란 산길을 넘고

향수(鄕愁)의 의장(意匠)

—황혼에 서서

바람에 불리는 서너 줄기의 백양나무가
고요히 응고한 풍경 속으로
황혼이 고독한 반음을 남기고
어두운 지면 위에 굴러 떨어진다

저녁 안개가 나직이 물결치는 하반(河畔)을 넘어
슬픈 기억의 장막 저편에
고향의 계절은 하이얀 흰 눈을 뒤집어쓰고

—동화

내려 퍼붓는 눈발 속에서
나는 하나의 슬픈 그림을 찾고 있었다

조각난 달빛과 낡은 교회당이 걸려 있는
작은 산 너머
엷은 수포(水泡) 같은 저녁별이 스며 오르고
흘러가는 달빛 속에선 슬픈 뱃노래가 들리는
낙엽에 싸인 옛 마을 옛 시절이
가엾이 눈보라에 얼어붙은 오후

창백한 산보

오후
하이얀 들가의 외줄기 좁은 길을 찾아 나간다

들길엔 낡은 전신주가
의장병(儀仗兵)*같이 나를 둘러싸고
논둑을 헤매던 한 떼의 바람이
어두운 갈대밭을 흔들고 사라져 간다

잔디밭에는
엷은 햇빛이 화분(花粉)같이 퍼붓고
곱게 화장한 솔밭 속엔
흘러가는 물소리가 가득하고

여윈 그림자를 바람에 불리며
나 혼자
조락한 풍경에 기대어 섰으면
쥐고 있는 지팡이는 슬픈 피리가 되고

금 공작을 수놓은 옛 생각은 쉽기도 하다

저녁 안개 고달픈 기폭인 양 내려 덮인
단조로운 외줄기 길가에
앙상한 나뭇가지는
희미한 촉수를 저어 황혼을 부르고

조각난 나의 감정의
한 개의 슬픈 건판(乾板)인 푸른 하늘만
멀리 발밑에 누워 희미하게 빛나다

지등(紙燈)

—창

어제도 오늘도 고달픈 기억이
슬픈 행렬을 짓고 창밖을 지나가고
이마에 서리는 다정한 입김에 가슴이 메어
아네모네의 고요한 꽃방울에 눈물짓는다

오후의 노대(露臺)에 턱을 고이면
한 장의 푸른 하늘은 언덕 너머 기울어지고

—북청 가까운 풍경

기차는 당나귀같이 슬픈 고동을 울리고
낙엽에 덮인 정거장 지붕 위엔
까마귀 한 마리가 서글픈 얼굴을 하고
코발트빛 하늘을 쪼고 있었다

파리한 모습과 낡은 바스켓을 가진 여인 한 분이
차창에 기대어 성경을 읽고
기적이 깨어진 풍금같이 처량한 복음을 내고
낯선 풍경을 달릴 적마다
나는 서글픈 하품을 씹어 가면서
고요히 두 눈을 감고 있었다

— 호반의 인상

언덕 위엔
병든 소를 이끈 소년이 있고
갈댓잎이 고요한 수면 위에는
저녁 안개가 고운 화문(花紋)을 그리고 있다

조그만 등불이 걸려 있는 물길 위로
계절의 망령같이
검푸른 돛을 단 작은 요트가
노을을 향하여 흘러내리고

나는 잡초에 덮인 언덕길에 기대어 서서
풀잎 사이를 새어 오는
해맑은 별빛을 줍고 있었다

산상정(山上町)

카네이션이 흩어진 석벽(石壁) 안에선
개를 부르는 여인의 목소리가 날카롭다

동리는 발밑에 누워
먼지 낀 삽화같이 고독한 얼굴을 하고
노대(露臺)가 바라다보이는 양관(洋館)의 지붕 위엔
가벼운 바람이 기폭처럼 나부낀다

한낮이 겨운 하늘에서 성당의 낮종이 굴러 내리자
붉은 노트를 낀 소녀 서넛이
새파란 꽃다발을 떨어트리며
햇빛이 퍼붓는 돈대* 밑으로 사라지고

어디서 날아 온 피아노의 졸린 여운이
고요한 물방울이 되어 푸른 하늘에 스러진다

우유차의 방울 소리가 하얀 오후를 싣고

언덕 너머 사라진 뒤에
수풀 저쪽 코트 쪽에서
샴페인이 터지는 소리가 서너 번 들려오고
겨우 물이 오른 백화나무 가지엔
코스모스의 꽃잎같이
해맑은 흰 구름이 쳐다보인다

벽화

1. 정원

옛 기억이 하얀 상복을 하고
달밤에 돈대를 걸어 내린다

어두운 나의 천장엔
어렸을 때 분숫가에 잊어버린 무수한 별들이
고요히 졸기 시작하고

2. 방랑의 일기에서

헐어진 풍차 위엔
흘러가는 낙엽이 날카로운 여음을 굴리고

지롤의 조락한 역로(驛路)에 서서
나는
유릿빛 황혼을 향하여 모자를 벗고

3. 남촌

저녁 바람이 고요한 방울을 흔들며 지나간 뒤
돌담 위의 박꽃 속엔
죽은 누나의 하얀 얼굴이 피어 있고

저녁마다 어두운 램프를 처마 끝에 내어 걸고
나는 굵은 삼베옷을 입고 누워 있었다

석고의 기억

창백히 여윈 석고의 거리엔 작은 창문이 있고
어두운 가렬(街列)이 그친 곳에
곱게 화장한 종루가 하나 달빛 속에 기울어지고

자금빛* 향수(鄕愁) 위에 그렇게 화려한 날개를 펴던
지금 나의 망막 위에 시든 청춘의 화환이여

나는 낡은 애무의 두 손을 벌려 너를 껴안고
싸늘히 식은 네 가슴 위에
한 포기 장미와 빛나는 오월의 구름을 던져 주련다

외인촌

하이얀 모색(暮色) 속에 피어 있는
산협촌(山峽村)의 고독한 그림 속으로
파란 역등을 단 마차가 한 대 잠기어 가고
바다를 향한 산마루 길에
우두커니 서 있는 전신주 위엔
지나가던 구름이 하나 새빨간 노을에 젖어 있었다

바람에 불리는 작은 집들이 창을 내리고
갈대밭에 묻힌 돌다리 아래선
작은 시내가 물방울을 굴리고

안개 자욱한 화원지(花園地)의 벤치 위엔
한낮에 소녀들이 남기고 간
가벼운 웃음과 시든 꽃다발이 흩어져 있다

외인(外人) 묘지의 어두운 수풀 뒤엔
밤새도록 가느다란 별빛이 내리고

공백한 하늘에 걸려 있는 촌락의 시계가
여윈 손길을 저어 열 시를 가리키면
날카로운 고탑(古塔)같이 언덕 위에 솟아 있는
퇴색한 성교당(聖敎堂)의 지붕 위에선

분수처럼 흩어지는 푸른 종소리

가로수

A

푸른 잔디를 뚫고 서 있는
체조장 시계탑 위에
파란 기폭이 바람에 부서진다

무거운 지팡이로 흰 구름을 헤치고
교당이 기울어진 언덕을 걸어 내리면
밝은 햇빛은 화분(花粉)인 양 내려 퍼붓고
거리는 함박꽃같이 숨을 죽였다

B

명등(明燈)한* 돌다리를 넘어
가로수에는 유릿빛 황혼이 서려 있고
포도(鋪道)에 흩어진 저녁 등불이
창백한 꽃다발같이 곱기도 하다

꽃등처럼 흔들리는 작은 창 밑에
밤은 새파란 거품을 뿜으며 끓어 오르고
나는 동상이 있는 광장 앞에 쪼그리고
길 잃은 세피아의 파란 눈동자를 들여다본다

밤비

어두운 장막 너머 빗소리가 슬픈 밤은
초록빛 우산을 받고 거리로 나갈까요

나직이 물결치는 밤비 속으로
모자를 눌러 쓰고 포도(鋪道)를 가면
바람에 지는 진달래같이
자취도 없는 고운 꿈을 뿌리고
눈부신 은실이 흩어집니다

조각난 달빛같이 흐득여 울며
스산한 심사 위에 스치는 비는
사라진 정열의 그윽한 입김이기에

낯선 흰 장갑에 푸른 장미를 고이 바치며
초라한 가등(街燈) 아래 홀로 거닐면

이마에 서리는 해맑은 빗발 속엔

담홍빛 꽃다발이 송이송이 흩어지고
빗소리는 다시 수없는 추억의 날개가 되어
내 가슴 위에 차단한* 화분(花粉)을 뿌리고 갑니다

성호(星湖) 부근

1

양철로 만든 달이 하나 수면 위에 떨어지고
부서지는 얼음 소리가
날카로운 호적*같이 옷소매에 스며든다.

해맑은 밤바람이 이마에 서리는
여울가 모래밭에 홀로 거닐면
노을에 빛나는 은모래같이
호수는 한 포기 화려한 꽃밭이 되고
여윈 추억의 가지가지엔
조각난 빙설이 눈부신 빛을 하다

2

낡은 고향의 허리띠같이
강물은 길게 얼어붙고

차창에 서리는 황혼 저 멀리
노을은
나어린 향수(鄕愁)처럼 희미한 날개를 펴고 있었다

3

앙상한 잡목림 새로
한낮 겨운 하늘이 투명한 기폭을 떨어트리고

푸른 옷을 입는 송아지가 한 마리
조그만 그림자를 바람에 나부끼며
서글픈 얼굴을 하고 논둑 위에 서 있다

소년 사모(思慕)

A

호숫가엔
여윈 갈대와 차단한 산맥이 물결 위에 서리고

벌레 소리가 퍼붓는 숲을 내리면
바위 사이에 흩어진 이름 없는 꽃들은
바람이 올 적마다
작은 지등(紙燈)같이 흔들렸다

황혼이면 그 찬란한 노을을 물고 오던
한 쌍의 금공작이 날아간 뒤에

금빛 피리와 오색 꿈을 잃은 나의 소년은
스미는 안개 속에 고개를 들고
구름 사이를 새어 오는
고달픈 바람 소리에 눈을 감았다

B

바람이 올 적마다
종루는 낡은 바이올린처럼 흐득여 울고

하이얀 코스모스의 수풀에 묻혀
동리의 오후는 졸고 있었다

해맑은 빛을 한 가을 하늘이
서글픈 인화같이 엷게 빛나고

고독한 반음을 떨어트리며
오동잎이 흩어지는 앞마당에서

솜 뜯는 할머니의 머리카락이
아득한 신화같이 밝은 빛을 하였다

SEABREEZE

나는 안개에 젖은 모자를 쓰고
이 고풍의 계절 앞에 서글픈 얼굴을 한다

고독한 휘파람 소리를 떨어트리고
보랏빛 구름이 주점의 지붕을 스쳐간 뒤
포도(鋪道)엔
낙엽이 어두운 빗발을 날리고
증기선같이 퇴락한 가렬(街列)을 좇아
늘어선 상관(商館)의 공허한 그림자

바다에는
지나가는 기선이 하얀 향수(鄕愁)를 뿜고
갈매기는 손수건을 흔들며
피어오르는 황혼 저 멀리
하나의 눈부신 화문(花紋)이 된다

이름 없는 항구의 조수(潮水)가에 앉아

나는 나의 목화(木靴)*를 씻고
흘러가는 SEA BREEZE의 날개 위에
이지러진 청춘의 가을을 띄워 보낸다

와사등(瓦斯燈)

차단한 등불이 하나 빈 하늘에 걸려 있다
내 홀로 어딜 가라는 슬픈 신호냐

긴 여름 해 황망히 나래를 접고
늘어선 고층 창백한 묘석같이 황혼에 젖어
찬란한 야경 무성한 잡초인 양 헝클어진 채
사념 벙어리 되어 입을 다물다

피부의 바깥에 스미는 어둠
낯선 거리의 아우성 소리
까닭도 없이 눈물겹구나

공허한 군중의 행렬에 섞이어
내 어디서 그리 무거운 비애를 지고 왔기에
길게 늘인 그림자 이다지 어두워

내 어디로 어떻게 가라는 슬픈 신호기*
차단한 등불이 하나 빈 하늘에 걸리어 있다

공지

등불 없는 공지(空地)에 밤이 내리다
수없이 퍼붓는 거미줄같이
자욱한 어둠에 숨이 잦다

내 무슨 오지 않는 행복을 기다리기에
스산한 밤바람에 입술을 적시고
어느 곳 지향 없는 지각(地角)을 향하여
한 옛날 정열의 창량(蹌踉)한* 자취를 그리는 거냐

끝없는 어둠 저윽이 마음 서글퍼
긴 하품을 씹는다

아 내 하나의 신뢰할 현실도 없이
무수한 연치(年齒)를 낙엽같이 띄워 보내며
무성한 추회(追悔)에 그림자마저 갈가리 찢겨

이 밤 한 줄기 조락한 패잔병 되어

주린 이리인 양 빈 공지에 홀로 서서
어느 먼 도시의 상현(上弦)에 창망히 서린
부오(腐汚)한 달빛에 눈물짓는다

풍경

A

흰모래 위에 턱을 고이고
아득한 곳을 향해
손수건을 내어 흔든다

바다는 고적한 슬픔같이 넘쳐흐르고
물결은 자줏빛 화단이 되다
바다는 대낮에 등불을 켜고
추억의 꽃물결 위에 소복이 지다

B

페가수스는 소리를 치며
흰 물결을 가르다

솟기는* 지체(肢體) 분수같이 흩어지고
화려한 물거품
엷은 수구(水球)인 양 정답구나
천막처럼 부푼 하늘
모로 기울어진 채
갈매기 파란 리본을 달고
모래밭 위엔 만돌린 같은 구름이 하나

광장

빈방에 홀로
대낮에 체경(體鏡)을 대하여 안다

슬픈 도시엔 일몰이 오고
시계점 지붕 위에 청동 비둘기
바람이 부는 날은 구구 울었다

늘어선 고층 위에 서걱이는 갈대밭
열없는 표목(標木) 되어 조는 가등(街燈)
소리도 없이 모색(暮色)에 젖어

엷은 베옷에 바람이 차다
마음 한구석에 벌레가 운다

황혼을 쫓아 네거리에 달음질치다
모자도 없이 광장에 서다

신촌(新村)서
—스케치

구름은 한 떼의 비둘기
꽃다발같이 아련하구나

전봇대 열을 지어
먼 산을 넘어가고
늘어선 수풀마다
초록빛 별들이 등불을 켠다

오붓한 동리 앞에
포플러 나무 외투를 입고

하이얀 돌팔매같이
밝은 등불 뿌리며
이 어둔 황혼을 소리도 없이
기차는 지금 들을 달린다

등

벌레 소리는
고운 설움을 달빛에 뿜는다
여윈 손길을 내어 젓는다

방 안에 돌아와 등불을 끄다
자욱한 어둠 저쪽을
목쉰 기적이 지나간다

빈 가슴 하잔히 울리어 놓은 채
혼곤한 베갯머리 고이 적시며

어둔 천장에
희부연 영창 위에
차단한 내 꿈 위에

밤새 퍼붓다

정원

A

색소폰 위에
푸른 하늘이 곱게 비친다
흰 구름이 스쳐 간다

가는 물살을 짓고
바람이 지날 때마다
코스모스의 가느다란 그림자는
추워서 떤다

B

계집애와 나란히 돈대를 내린다
풍속계와 분수가 나란히 서 있다

설야

어느 먼 곳의 그리운 소식이기에
이 한밤 소리 없이 흩날리느뇨

처마 끝에 호롱불 여위어 가며
서글픈 옛 자췬 양 흰 눈이 내려

하이얀 입김 절로 가슴이 메어
마음 허공에 등불을 켜고
내 홀로 밤 깊어 뜰에 내리면

먼 곳에 여인의 옷 벗는 소리

희미한 눈발
이는 어느 잃어진 추억의 조각이기에
싸늘한 추회(追悔) 이리 가쁘게 설레느뇨

한 줄기 빛도 향기도 없이

홀로 차단한 의상을 하고
흰 눈은 내려 내려서 쌓여
내 슬픔 그 위에 고이 서리다

*

9쪽 원문에는 〈천정(天井)〉으로 되어 있으나 〈천장(天障)〉의 잘못된 표기이다. 「벽화」, 「등」의 경우도 마찬가지다.

14쪽 〈의장병(儀仗兵)〉은 적절한 예법을 익혀 의식 때에 참여하는 의장대의 병사이다. 원문의 한자는 〈儀杖兵〉이라고 되어 있으나 잘못된 표기이다.

19쪽 〈돈대〉는 〈조금 높직한 평지〉를 뜻한다.

24쪽 〈자금(紫金)〉은 도자기 잿물빛의 한 가지이다.

28쪽 〈명등(明燈)한〉은 〈밝은 등이 있는〉 정도의 뜻을 지닌 김광균의 조어인 것으로 보인다. 그러나 〈명징(明澄)한〉의 오기일 가능성을 완전히 배제할 수 없다.

30쪽 〈차단한〉은 〈차디찬〉으로 보는 견해와 〈차단(遮斷)한〉으로 보는 견해가 있다. 김광균이 자주 사용하는 개인 시어이다.

31쪽 〈호적(號笛)〉은 놋쇠로 만든 관악기 〈나발〉을 가리킨다. 원문의 한자는 〈呼笛〉으로 되어 있으나 잘못된 표기이다.

37쪽 〈목화(木靴)〉는 옛날에 관리들이 사모와 각띠를 할 때 신던 장화 비슷한 신발을 가리킨다.

38쪽 〈신호기〉는 〈신호이기에〉라는 뜻으로 짐작되나 정확하지 않다.

39쪽 〈창량(蹌踉)하다〉는 〈비틀거리다〉라는 뜻이다.

42쪽 원문에는 〈속기는〉으로 되어 있으나 〈솟다〉의 강조형으로 생각된다.

해설

김광균과 『와사등』

김광균은 1914년 개성에서 포목 도매상을 하던 아버지 김창훈과 어머니 한순복 사이에서 장남으로 태어났다. 자전적 회고에 의하면 열두 살 때 아버지를 여의고, 어머니와 함께 장남으로서 채권단에게 시달림을 받으며 살던 집마저 넘겨주었다고 한다. 열세 살 되던 해에 누나가 요절하였는데, 그 슬픈 마음을 시로 써서 『중외일보』에 발표하였다. 같은 해인 1926년 개성에 있는 원정소학교를 마치고 개성상업학교에 입학했다. 개성상업학교 재학 시절부터 일간지와 월간지에 작품들을 발표하기 시작했다. 1931년 개성상업학교를 졸업하고 동창 몇 명과 김재선, 최창진, 김영일 등이 모여 연예사(硏藝社)라는 문학동호회를 결성하고 동인지 『유성(流星)』을 간행하였다. 1932년 경성고무공업주식회사에 입사하여 군산으로 가게 되며, 1935년 결혼하여 다음 해에 장남을 얻고 이후 2남 2녀를 더 두었다.

1933년 이후 김광균은 『조선중앙일보』와 『동아일보』 등에 시와 기행문, 평론, 소설 등을 활발하게 발표하였다. 김광균이 중앙 문단에서 주목받게 된 것은 문단의 중진 김기림이 그의 시를 호평하면서부터이다. 특히 김기림은 김광균의 첫 시집 『와사등』을 높이 평가하였다. 김광균은 김기림과 교유하며 그가 전해 주는 프랑스 시단의 동향이나 시와 회화의 관계에 대한 이야기 등에 큰 충격을 받고 이후 세계미술전집을 구하여 보며 거기에 빠져들었다고 한다. 1937년에는 오장환, 윤곤강, 이육사, 이병각, 서정주, 김상원, 이상범 등과 함께 동인 자오선(子午線)을 결성하고 동인지 『자오선』을 출간하였다. 첫 시집 『와사등』은 1939년 남만서점에서 출간되었다. 1940년을 전후하여 직장을 서울 본사로 옮기면서 김광균의 문필 활동은 더욱 활발해졌다. 1947년 정음사에서 두 번째 시집 『기항지(寄港地)』를, 1957년 산호장에서 세 번째 시집 『황혼가』를 출간하였다.

김광균은 6·25 이후 납북된 아우를 대신해 사업을 맡으면서 사업에 전념하느라 한동안 시를 쓰지 않았다. 그리고 오랫동안 재계의 요직을 맡아 일하며 시단으로부터 멀어졌다. 그러나 1976년에 시를 다시 발표하기 시작하면서 1977년 근역서재에서 시전집 『와사등』을 출간하였다. 1986년 범양사에서 네 번째 시집 『추풍귀우(秋風鬼雨)』를, 1989년 같은 출판사에서 다섯 번째 시집 『임진화』를 발표하였다. 그해 지용문학상을 받았다. 1993년 지병으로 부암동 자택에서 사망하였다.

김광균의 주된 활동 시기는 1930년대 중반부터 6·25 직전까지라 할 수 있다. 자오선 동인 활동과 첫 시집 『와사등』에 대한 김기림의 고평을 계기로, 김광균은 우리 시단의 대표적 모더니스트의 한 명으로 알려졌다. 당시 이론과 창작 양면에서 모더니즘 시 운동을 선구적으로 주도했던 김기림은 김광균의 시를 모더니즘의 모범적인 실천이라고 생각했다. 그는 김광균의 시가 보여 주는 참신한 이미지들과 도시적 정서를 높이 평가하였다. 그의 논평은 이후 김광균 시의 해석과 평가에 큰 영향을 미쳤다.

김광균의 첫 시집 『와사등』은 1939년 8월 남만서점에서 간행되었다. 이 시집에는 1935년 『조선중앙일보』에 발표했던 「오후의 구도」 등 총 22편의 시가 수록되어 있고, 장정은 김만형이 맡았다. 김광균은 이 시집을, 그의 문학적 후원자라 할 수 있는 김기림에게 바치고 있다.

시집 『와사등』의 시들은 대체로 풍경을 그리고 있으며, 그 풍경 속에 시인의 쓸쓸한 심회와 감상을 담고 있다. 김광균은 풍경을 그릴 때, 당시로서는 새로운 감각으로 포착된 인상적인 이미지들을 능란하게 사용했다. 김광균의 시적 상상력은 비유적이고 회화적이다. 〈엷은 수포 같은 저녁별〉이라거나 〈분수처럼 흩어지는 푸른 종소리〉, 〈먼지낀 삽화같이 고독한 얼굴〉 그리고 〈낡은 고향의 허리띠같이 / 강물은 길게 얼어붙고〉 등에서 보는 바와 같이 그 이미지들이 참신하다.

『와사등』이 그리고 있는 풍경들은, 그 이전의 시들과는

달리 자연만의 풍경이 아니라 근대의 풍물들이 등장하는 풍경이다. 가령 「오후의 구도」라는 시는 바닷가 풍경을 소재로 하고 있지만, 그 풍경 속에는 근대의 풍물들이 자리 잡고 있다. 즉 북양 항로의 깃발, 기적 소리, 기선, 부두 등이 있는 낯선 풍경이다. 또한 아네모네, 시계, 장미, 커튼 등의 어휘들도 이국적인 분위기를 형성한다.

이러한 『와사등』의 회화성과 근대성은, 〈양철로 만든 달이 하나 수면 위에 떨어지고 / 부서지는 얼음 소리가 / 날카로운 호적같이 옷소매에 스며든다〉라는 「성호 부근」의 첫 연과 같은 인상적인 구절을 만들어 낸다. 달이 양철로 만들어졌다거나, 달빛이 얼어붙은 강 위에 내려 얼음이 부서진다는 상상력은 회화적이면서 동시에 근대적이다. 그리고 부서지는 얼음 소리가 옷소매에 스며든다는 감각적 표현 속에는 시인의 쓸쓸한 감정이 절제되어 들어 있다. 이와 같이 『와사등』의 시들은 대부분 회화적이고 비유적인 이미지로 포착된 근대의 풍경과 그 속에서 느끼는 고독과 우수를 노래하며, 당시로서는 새로운 감수성을 보여준다.

한편 『와사등』의 전반적인 정조는 단조롭고 감상적이다. 김광균은 애상과 고독이라는 감정의 필터를 사용해 사물들을 묘사한다. 『와사등』의 시편들은 황혼 무렵이나 오후에, 낯선 풍경을 바라보며 애수에 젖는 고독한 시인의 내면에서 구성된 공간의 변주와 반복이라 할 수 있다. 〈오후〉, 〈바다〉, 〈눈보라〉, 〈황혼〉 등과 같은 소재들은 여러 작품들에서 비슷한 이미지로 나타나거나 조금씩 변주된다. 시인이 서성이거나 바라보고 있는 풍경은 거의 언제나 〈저녁 안개 고달픈 기폭인 양 내려 덮인〉 풍경이거나 또는 〈차단한 등불이 하나 빈 하늘에 걸려 있는〉 풍경이다. 그뿐만 아니라 〈고요한〉, 〈하얀〉, 〈고독한〉, 〈창백한〉 〈여윈〉, 〈처량한〉과 같은 수식어들은 거의 모든 시에서 반복된다. 다시 말해 〈하얀 기적 소리〉, 〈처량한 파도 소리〉, 〈조각난 달빛〉, 〈초라한 가등〉, 〈고독한 휘파람 소리〉, 〈어두운 빗발〉처럼 감상적인 느낌을 유발하는 형용사들이 언제나 대상을 수식하고 있다. 감상이 지나친 경우, 그 이미지들은 감각적 신선함과 구체성을 보여 주지 못한다.

그러나 이러한 아쉬움에도 불구하고 『와사등』은 1930년대 출간된 시집 가운데서 가장 개성적인 시집의 하나이다. 그것은 낯선 근대 문명의 분위기를 포착하여 한국 현대시의 시적 공간을 확장했으며, 또한 한국 현대시가 오래 기억할 만한 인상적인 몇 개의 이미지를 남겼다. 새로운 근대적 감수성으로 인상적인 이미지들을 만들어 냈다는 점이 『와사등』의 개성이자 장점이라고 말할 수 있을 것이다.

이남호(고려대학교 명예교수)

편자의 말

한국 현대시를 대표할 만한 시집들의 초간본을 다시 출간하는 일은 과거를 오늘에 되살리는 일이라기보다는 점점 과거 속으로 사라져 가는 것에 새로운 생명을 부여하여 여전히 오늘의 것이 되게 하는 일이라고 생각한다. 한국 현대시 100년의 역사는 많은 훌륭한 시집을 남겼다. 많은 훌륭한 시집들이 모여서 한국 현대시 100년의 풍요를 이루었다고 말할 수도 있다. 그러한 시집들을 계속 살아 있게 하는 일은 시를 사랑하는 사람의 의무일 것이다.

그러나 이러한 작업은 겉으로 드러나지 않는 수고와 신중함을 많이 요구한다. 첫째는 대표 시인을 선정하는 어려움이다. 수많은 시집들을 편견 없이 재검토해야 하는 수고도 수고지만, 선정과 배제의 경계에 있는 시집들에 대해서는 많은 망설임과 논의가 있어야 했다. 대표 시인 선정 작업이 높은 안목과 보편타당한 기준에 의해서 이루어졌는지는 시간을 두고 전문 독자들에 의해서 판단될 것이다.

두 번째 어려움은 표기에 관련된 것이다. 사실 20세기 전반기의 우리 출판과 한글 표기법의 수준은 보잘것없다.

맞춤법, 띄어쓰기, 행 가름, 연 가름 등에는 혼란스러운 곳이 많고 오식으로 보이는 부분들도 많다. 그것들은 오늘날의 독자들에게 혼란과 거북함을 줄 뿐만 아니라, 작품의 이해를 방해하기도 한다. 그리고 다른 지면에 인용될 때마다 표기가 달라지는 결과를 낳기도 한다. 근대 초기의 많은 문학 작품들을 오늘날의 표기법으로 잘 고쳐서 결정본을 확정 짓는 작업이 시급하다고 할 수 있다. 이러한 생각에서 시적 효과를 지나치게 훼손하지 않는 범위 안에서 표기를 오늘에 맞게 고쳤다. 그러나 시의 속성상 표기를 고치는 일은 조심스럽지 않을 수 없다. 단어 하나, 표현 하나마다 시적 효과와 현재의 표기법 그리고 일관성을 고려해서 번역 아닌 번역 작업을 해야 했다. 이러한 작업이 원문의 분위기를 어느 정도 훼손하는 것은 어쩔 수 없었다. 또 어떻게 고쳐야 할지 판단이 서지 않는 부분도 꽤 있었다. 어쩌면 표기와 관련해서 노력한 만큼의 성과를 얻지 못했는지도 모른다. 그러나 이러한 작업의 축적을 통해서 작품의 결정본을 만들어 나갈 수 있을 것이며, 또한 오늘의 독자에게 친숙한 작품이 될 수 있을 것이다.

초간본의 재출간 아이디어를 최초로 낸 사람은 열린책들의 홍지웅 사장이다. 그분의 남다른 문학 사랑과 출판 감각 그리고 이 작업에 대한 전폭적인 지원에 존경심을 표하고 싶다. 그리고 시집 선정과 표기 수정 및 기타 작업은 이혜원, 신지연, 하재연 선생과 팀을 이루어 했다. 이분들의 꼼꼼함과 성실함에도 존경심을 표하고 싶다. 이 총서가 문학 연구자들뿐만 아니라 일반 독자들에게도 널리 그리고 오래 사랑받기를 바란다.

이남호

한국 시집 초간본 100주년 기념판

와사등

지은이 김광균 김광균은 1914년 개성에서 태어나서 개성상업학교를 졸업했다. 1926년 『중외일보』에 「가는 누님」을 발표하면서 등단했고 1939년 『와사등』을 시작으로 『기항지』(1947), 『황혼가』(1957), 『추풍귀우』(1986), 『임진화』(1989) 등의 시집을 펴냈다. 자오선 동인으로도 활동했으며 1989년 지용문학상을 받았다. 1993년 부암동 자택에서 작고하였다.

지은이 김광균 **책임편집** 이남호 **발행인** 홍예빈 · 홍유진
발행처 주식회사 열린책들 **주소** 경기도 파주시 문발로 253 파주출판도시
전화 031-955-4000 **팩스** 031-955-4004 **홈페이지** www.openbooks.co.kr

ISBN 978-89-329-2225-6 04810 **ISBN** 978-89-329-2210-2 (세트)
발행일 2022년 3월 25일 초간본 100주년 기념판 1쇄

초간본 간기(刊記) 인쇄 쇼와(昭和) 14년 7월 26일 **발행** 쇼와 14년 8월 1일 **저작자** 김광균(경성부 다옥정 3번지) **발행자** 오장환(경성부 관훈정 146의 2번지) **인쇄자** 한동수(경성부 예지정 200번지) **인쇄소** 수영사인쇄소(경성부 예지정 200번지) **발행소** 남만서점(경성부 관훈정 146의 2번지)